서 추억을 모으다

빈 들에서 추억을 모으다

빈 들에서 추억을 모으다

빈 들에서 추억을 모으다

빈 들에서 추억을 모으다

시아시인선 **017**

빈 들에서 추억을 모으다

박상덕 시집

초판인쇄일 | 2021년 10월 25일
초판발행일 | 2021년 10월 30일

지은이 | 박상덕
펴낸이 | 김명수
펴낸곳 | 도서출판 시아북(詩芽Book)

출판등록 | 2018년 3월 30일
주소 | 대전광역시 동구 선화로214번길 21(3F)
전화 | (042) 254-9966, 226-9966
팩스 | (042) 221-3545
E-mail | daegyo9966@hanmail.net

값 10,000원

ISBN 979-11-91108-22-4

* 저자와의 협의에 의해 인지를 생략합니다
* 잘못된 책은 바꿔드립니다
* 이 책은 서산시인협회 후원으로 발간되었습니다

빈 들에서 추억을 모으다

박상덕 시집

시아북
시詩를읽는BOOK

한여름 소낙비 내리고 나면 산천도 초목도 마냥 푸르름을 자랑한다.

아직도 서산 땅이 낯설기만 한데, 용케 찾아간 곳 있어 참으로 행복했다. 봄부터 여름 내내 목요 시 창작 방에서 연필을 굴려 가며 그동안 잠자고 있던 눈을 조금씩 떠가면서 시의 세계를 바라보게 되었다. 그러나 아직도 어눌하고 서툴러 자랑스럽게 내놓을 수 없으니 부끄럽기만 하다.

어쩌다 강가에서 조약돌 하나 주워들고 열심히 갈고 닦아보았지만 화려한 보석은 아니 되고, 책상 위 연필꽂이 곁에 앉아 늘 나를 바라보면서 하찮은 조약돌에게도 눈물과 아픔이 있고 온갖 사연이 있다면서 버리지 말라 한다.

생애 첫 시집을 내면서 부끄러움은 뒤로하고, 앞으로 더욱 전진하여 마치 그림과 같은 시의 세계를 꿈꾸고자 한다. 비록 회초리는 안 들었지만, 오영미 선생님의 기승전결 가르침에 감사드리며, 함께 공부하며 응원해온 문우님들께 감사드린다.

곁에서 따뜻한 미소로 보필해준 아내에게도 고맙다는 말 전한다.

2021년 초가을 에덴동산에서

박상덕

제2부

제3부

제4부

제1부

구름과 나

파란 하늘에 뭉게구름 피어오른다

두둥실 떠다니는 구름

저 높은 하늘 바다 오색구름

달무리 꼬리 끌며 흘러간다

덧없다 느껴질 때 뜬구름 둥실

허황한 시간 구름 잡는 일

공중에 걸쳐진 다리

내 인생 구름다리를 내가 걷는다

어머니의 강

아이리스 붓꽃 닮은 어머니를 불러봅니다
당신은 내 곁에서 멀어졌지만
고향의 푸른 강물 윤슬처럼 그립습니다

하늬바람 코끝으로 스쳐만 가도
어머니의 노래인 양
종달새 지저귀듯 귀가 쫑긋 세워집니다

끝없는 사랑으로 덮어주시고
인자한 미소로 나의 눈을 바라보시던
어머니의 향기는 5월의 장미를 닮았습니다

희로애락 외면하시고
걱정과 고난의 언덕에서
흰머리 억새처럼 흔들리고 있는 모정

나를 향한 그 사랑 이제 알 것 같습니다
오늘따라 붓꽃의 매무새 따라 눈이 먼 듯
하염없이 흐르는 눈물을 훔치며 그 이름 불러봅니다

그동안 소중한 고마움 잊고 살았습니다
돌이킬 수 없는 어두운 지난날은 묻어두고
어머니처럼 늘 맑고 푸른 강물 되어 살고 싶습니다

내 아내는 이런 사람입니다

봄 동산
여리게 피어난
진달래꽃처럼
소박한 사람

가진 것 없고
잘하는 것 없어도
마음은 언제나
향기가 가득한 사람

나이는 접어놓고
자유로운 마음으로
어린아이처럼
마음이 온유한 사람

마음속에
미움을 두지 않고
정감 어린 속삭임으로
사랑하며 사는 사람

욕심을 비우고
늘 감사하며
고운 눈망울로
그리워하며 사는 사람

나는 이런 사람과 살고 있습니다

행복

바라만 보아도
좋은 사람 있으니
즐거운 일

가만히 있어도 느낄 수 있는
행복한 사람 있으니
아름다운 일

아무 말 못 하고
간직해둔 마음 있으니
진정 소중한 일

가만히 손 내밀 때
그 손 잡아주며
언제나 내 마음 불 밝혀주는
가슴속 따뜻한 사람

잘난 체 드러내지 않아도
더욱 빛나는 느낌 있으니

가슴에 담아 놓고 생각하면
정다운 사람

가지가지

앞마당 보랏빛 여울로
휘기도 하고 곧게 뻗기도 하는 나무
뜨거운 태양 볕 열기 안고 잘 자란다

한 가지
두 가지
세 가지

마디마다 주렁주렁
열매 맺는 가지를 보며
여러 사람을 생각한다

말끝마다 토를 달고
삐딱한 시선으로 바라보는
꼬부라진 가지

사리 분별한 바른말로
뭐든지 솔선수범하는
멋지게 쭉 뻗은 매끄러운 가지

살다 보니 별스러운 일 다 겪고
살다 보니 못 볼 꼴 보며 사는데
인생 참 가지가지라는 것,
너를 보며 깨닫는다

가마솥 누룽지

바다 위에 둥둥 떠 있는 듯
고래 등 같은 가마솥
반질반질 닳고 닳아
자라도 미끄러지겠다
장작불에 익어가는 가마솥 속
토종닭 냄새 물씬 풍기는데
솥 바닥에서 누룽지 잠자고 있다
아홉 식구 가득 담아 퍼주고 나면
삿갓 쓰고 일어나는 누룽지
고물고물 강아지처럼 아이들 모여든다
그 누룽지 긁어 주던 어머니가
내 곁에서 빙그레 웃고 있다

검은 희망

아무렇게나 쓰여진
담벼락 낙서처럼
구름도 검게 그을린
항골계곡 탄광촌 마을

석탄 차 한 번 지나가면
양철지붕 위 비둘기
까마귀처럼 새까맣다

얼룩진 검은 희망은
폐광과 함께 탄가루 되어
바람에 날려가고
떠난 빈집들이
적막 속에 고요하다

찔레꽃 필 때

순백의 찔레꽃
오월의 향기 가득 담고
보리밭 언덕에 피었다

할머니 살아 실제
하신 말씀 떠올라
가까이 다가가 자세히 본다

찔레꽃 필 무렵
촉촉한 소낙비라 삼 세 번 내리면
그 해는 풍년이 든다 하셨는데

귀농한다고 시골에 내려와
콩 심고 고추 심고 옥수수도 심었다
연화리 천 씨네 겨우 모내기 마쳤다지

비야, 비야 내려라
주룩주룩 내려라
그 꽃 지기 전 어서 빨리 내려다오

도리깨질

한 번 돌아 때려주고
두 번 돌아 메쳐주고

우리 집 앞마당엔
샛노란 콩이 우수수 쏟아지는데

부녀회에 갔다 온 마누라
쌈박질했다길래 도리깨 탁

얼떨결에 손주 녀석
남의 물건 훔쳤다길래 도리깨 탁 탁

농지 임대해 준 지주
직불금까지 챙겼다는 소식에
도리깨질 멈출 날 없다

뻐꾹새 울던 날

꿀이 줄줄 흐르는 호박 고구마 나눠 줄 사람 많으니 맘도 설렌다 겨우내 골방에 가두어 놓았던 종자 이른 봄 땅 파고 정성껏 심었다 비닐 포장 씌우고 부직포도 덮어 주었다

이웃집 고구마는 벌써 싹이 올라와 쑥쑥 커가는데 우리 고구마는 꿔다놓은 보릿자루 마냥 감감 무소식이다 하루에 몇 번씩 들여다보면서 새싹이 나오기를 코가 빠지게 기다렸다

얼마나 지났을까 빨간 싹이 해돋이처럼 올라왔다 아내가 시집간 딸 만난듯 제일 좋아하고 있는데 윗집 아주머니가 와서 빨리 자라도록 비료를 주라고 했다

아내는 비료를 한 바가지 퍼다가 골고루 뿌려 주었다 이튿날 밭에 나간 아내가 엉엉 울고 있었다 예쁘게 올라왔던 새싹들이 모두 까맣게 죽어있었다

불쌍한 것들 비료를 너무 많이 주어 죽었구나 내가 잘 못해서 모두 죽은 거야, 라며 자책하는 아내를 달래주며 다시 고구마 싹 사다 심으면 된다고 위로해줬다

멀리 남쪽 해남에서 호박 고구마 종순을 주문하고 멍하니 밭을 바라보고 있는데 어디선가 뻐꾹새 요란하게 우는 소리가 들렸다 '내일 비가 오려나' 신난다

입을 보지 말고 발을 보라

나이가 더해 갈수록
다리에 힘이 줄어들면서
기운은 머리를 향해 위로 솟는다

그래서일까
말이 많아지니
자칫 모든 말이 잔소리로 들린다

말보다는 실천
눈치 보지 말고 주머니 열고
발로 뛰며 모범이 되어야지

힘없고 어렵게 사는
소외된 이웃
곁눈으로라도 외면하지 말아야지

따뜻한 말 한마디
뚜벅뚜벅 걸으며
한결같이 보살펴 주어야지

향수

무더운 여름밤
마당에 멍석 깔고 누워
늙으신 할아버지 옛이야기 듣는다

쏟아질 듯 깜박거리는
별빛 하나둘 헤아려 본다

외양간 암소의 두레질
수북이 쌓여있는 두엄더미 옆
모닥불을 피워놓는 할아버지
주둥이 창 들고 달려드는 모기 쫓아낸다

살랑바람 불어올 제
할아버지의 말소리가
소쩍새 울음소리에 섞여 자장가 된다
어느새 긴 잠속에 빠져든다

살구가 익어갈 무렵

햇살 한 자락
강아지 꼬리에 물들면
연분홍 살구꽃이
활짝 핀다

무더운 여름
붉게 핀 접시꽃
안마당 가득
활짝 웃는다

파란 잎 사이로
노랗고 붉은 살구가
새콤달콤 향내 퍼트리며
수줍은 아내 볼처럼 여문다

잘 익은 살구
반으로 쪼개면 내 속 들킨 것 같아
한입에 쏙 넣으면
볼 가득 과즙이 톡톡 터지곤 했다

삼수령이 남긴 사연

태백 매봉산
구름타고 내리는 빗물
자작나무 숲을 적신다

멀리서 산등성이 바라보면
산을 벗어나지 못한 물안개
깊은 계곡 구름처럼 피어오른다

삼수령에 떨어지는 빗방울
정선 아우라지를 거쳐 한강으로
황지천은 천연동굴 구문소 거쳐 낙동강으로
오십천은 삼척에 이르러 동해에서 만난다

삼대 강 꼭짓점에서 헤어진 삼형제
산은 스스로 물을 갈라놓고
물은 산을 넘어가지 못한다

흩어진 물은
바다에서 다시 만나니
바다는 형제들이 모이는 마음의 고향이어라

접시꽃

이른 봄
씨앗 손에 쥐고
마당 어귀 길가까지
정성껏 심고 가꾸는 아내

삭막한 촌락이
에덴동산 되고
콩 한 포기 허투루
외면치 않더니 부자 된 듯
활짝 웃고 있는 아내

젊었을 때
당신은 꽃보다 아름다웠지요
연분홍 꽃 닮은 순수한 마음
순백의 꽃은 순결한 마음
당신은 접시꽃을 닮았답니다

더 늙기 전에 즐깁시다
둥글넓적한 꽃들

당신 얼굴 닮아 환합니다
뻐꾸기도 쉬었다 가는 뜰
우리 부부 꽃처럼 살라 하네요

괜찮다

엄니,
저 시장 가는데
함께 가실래요?

괜찮다,
다녀오거라!

콧노래 부르며
현관문 열고
나서는데

엄니,
왜 나와 계세요?

나도
따라 갈란다
하시네

안 괜찮다

엄니,
이 옷 예쁜데
한 벌 사드릴까요?

괜찮다
집에 옷 많은데 뭘

꽃향기 가득한
화장품 가게 들어선 며느리

엄니,
화장품 하나 사드릴까요?

늙은이가 화장품은 뭘, 하시며
코에 대고 '냄새 하나 좋구나!' 하신다
엄니의 괜찮다는 말은 안 괜찮다는 말이다

매미의 일생

긴긴 세월 땅속에 살다가
눈 비비고 엉금엉금 기어 나와
밧줄도 없이 나무 벽 잘도 오른다
단단한 투구 짊어지고
정적들이 우글대는 바깥세상 견뎌내고
날개 달린 선녀 옷 입고 화려한 변신한다
살 날이 몇 날 될까
부둥켜안고 있는 고목 나무마저
제집인 양 떠날 줄 모르고 울어댄다
울음소리 듣고 찾아온 짝꿍
천생연분인가 구름 타고 신혼여행 떠난다
돌아오는 날 허니문 베이비에 신바람 났다
매미는 땅 위에서 살 날이 고작 십오일

턱도 없는 소리

아귀의 귀환,
바닷물고기가 그물에 걸려
육지에 도착했다

갈고리 꼬챙이에 끼워진 채
쓸개와 내장까지 다 드러내놓고
바다 냄새 풍기며 매달려있다

잡혀 온 지난날 못마땅한 듯
매서운 눈초리로 쏘아본다
살아 돌아갈 날 기대하면서
지난 생을 꿈꾸고 있다

파도가 넘실대는 푸른 바다
내 고향 멀고 먼 캄차카반도
처절한 아귀의 소망은 이미 물 건너갔다

에어컨

빈집 지키려는 듯
커다란 몸집에 눈알 번쩍이며
꿈적 않고 서 있는 너

맛좋은 굴비도 아닌데
사슬에 묶여
천장에 매달려있는 너

운 좋은 날이면
달리는 차 안에 떡 버티고 앉아
보란 듯이 전국여행 떠난다

기분 좋은 날
비행기 타고 해외여행 떠나면
여름 한 철 부러울 것이 없는 너

제2부

거미의 일상

굵고 튼실한 날실 이어놓고
가늘고 촉촉한 씨실 꺼내어
온종일 궁둥이 두들기며
집을 짓는다

하루가 인생의 전부인
하루살이의 반항이
거미줄에 걸려 발버둥 쳐도
거미는 멀뚱멀뚱 바라만 본다

눈 깜짝할 새 멧새 한 마리 날아온다
거미는 큰 눈 부릅뜨고
거미줄을 지키려 안간힘 써보지만
순식간에 보금자리를 잃고 만다

하소연 한마디 못하는 거미를 보며
내 인생의 집 다시 짓기로 한다
강자만 살아남는 세상
원망할 새도 없다

지주대의 하소연

제 몸 기울어져 가고 있는 토마토를 본다
하늘만큼 컸는데
나보고 업어달라 애원한다

그래, 알았다
업어줘야겠구나
내 등에서 잘 자라거라

꽃이 피면
벌 나비도 날아들고
열매도 주렁주렁
내 등은 언제나 꽉 찬 지게처럼 무겁다

뒷집 고추나무
간밤의 강풍 일어 멀리 날아갔다지
토마토야, 너는 내 허리 꼭 잡으렴

말뚝

삶의 터전 일구며
자식들 양육하는 어머니의 말뚝인 양
낯선 서산 땅에 말뚝 박은지
벌써 몇 해이던가

내가 박은 말뚝
무슨 말뚝인가
이 사람 저 사람 손길 따라
자꾸만 흔들흔들 뽑히려 한다

사람 사는 게 어디든 마찬가지
어떻게 사는가는 자기 할 탓

든든한 쇠말뚝
꼭 잡고 있으면 지켜줄 것이다

불어오는 실바람도
이름 모를 온갖 새들도
친구 되어 살자고 매일 찾아온단다

맥고 모자

타작하고 난 밀짚
곱게 다듬어 세월을 엮는다

장발에 코트 자락 휘날리던
모던보이의 추억 생생하다

비가 오면 우산 되어주고
스며드는 바람에 시원한 그늘막
여름이면 백석이 즐겨 썼다는 맥고모자

한낮의 뙤약볕 콩밭에
밀짚모자 눌러쓴 아버지
주름진 얼굴에 환한 미소 짓는다

독거 노인

깨어진 항아리라
관심은커녕 찾아주는 이 하나 없고
가족도 다 잃었으니 쓸쓸함만 찾아온다

온갖 쓰레기 더미 속에서
반달곰처럼 웅크리고 앉아 살고 있지만
한 번도 자식을 잊은 적 없다

식사량보다 많은 약에 의존하며
살아있는 목숨 버릴 수도 없으니
배고픔보다 더 무서운 게 외로움이다

큰 슬픔이 강물처럼 밀려와
마음의 평안 산산조각내고
빈곤의 삶 살다가 간 노인이여

고독사로 남겨진 이야기 하나,
남의 얘기가 아니다

시골 장터 풍경

흰 두루마기에 검정 고무신
비뚤어진 중절모가
어울리는 촌로
바쁜 손 접고 장엘 나갔다

비릿한 생선가게 아저씨
간자미 눈으로 삐죽이 웃으며
간 쓸개 다 빼줄 것처럼
반갑게 손님 맞느라 분주하다

장터 모퉁이 돌아 주막집에선
장정 서너 너덧이 둘러앉아
텁텁한 막걸리 한 잔
쭉 들이키며
만담하는 소리 걸쭉하다

죽지 않고 살아있으니
이런 재미로 살지
아, 글쎄 우리 집 암소가 오늘 아침

새끼를 낳았다네

장마당 저쪽
구성진 피리 소리 들려오는가 싶더니
한껏 목청 높여
나발로 선전하는 약장수 가위 소리
장단 참 신난다

자, 자 주저 말고 먹어만 보셔

먹기만 하면 정력이 솟고
머리에서 발 끝까지
생긴 병은 다 낫는다는 말소리에

순진한 촌부들이
안주머니 깊은 곳에서
꼬깃꼬깃 숨겨 놓았던 비상금
쑥쑥 꺼내 든다

흙 마당의 추억

타작한 금싸라기 같은 나락
뒤 뜰 곳간에 쌓아두며
아껴먹던 묵은쌀 떨어지니
누렁소가 볏가마니 싣고
방아 찧으러 갔다

기차 화통 삶아 먹은 듯
기계는 덜커덩 시끄러워도
새하얀 햅쌀이 은구슬처럼 쏟아져
수북이 쌓이면 신났다

기다렸던 기쁜 날
쌀밥 먹는 날

어머니는 커다란 바가지에 쌀을 담아
물을 붓고 대나무 조리로
쌀을 일어 돌을 골랐다
장작불 가마솥에서 익어가는 금싸라기

온 식구가 한 자리에 둘러앉아
밥상머리 도란도란
이야기꽃 피울 때
누군가 '딱'하고 돌을 깨물었다

어머니는 식구들 눈치 보며 미안해했다
인자한 아버지는 헛기침에 '괜찮소'
돌보다 쌀이 더 많으니
됐다 하면서 허허 웃으셨다

시詩로 그리는 그림

하얀 백지 위에
그림을 그린다
아니 그리다 만 그림 지운다

예쁜 신부를 그려야지

詩는 신부가 되어 결혼할 준비를 한다
아내가 쓰던 화장품 훔쳐
메이크업해 주고 드레스도 입혀준다

이것 참 야단났네

납작한 코
비뚤어진 입술
축 처진 볼

성형외과 의사를 불러야겠는걸

詩 짓는 향기 솔찮이* 번지더니
신부의 차림새 멋스럽고
꽃처럼 예쁘다

시는 시집에 실려 시집가는 게 최고겠지

* '제법'이란 뜻을 가진 전라도 사투리

두꺼비의 호통

장맛비 내리던 밤
개구리 삼 형제가 서럽게 울어댄다

다가가 사연 들어보니
부모님 살던 집
떠내려간다며 걱정이 태산이다

부모님 살아 실제 자주 찾아뵈지 않고
빈집에 뭣 하러 왔느냐고

개굴개굴 울어대는 개구리에게
두꺼비가 호통을 친다

남겨진 유산에 정신이 빠져 있구나
네 속셈이 이것이었구나

한쪽 귀

실버들 가지 흔드는
산들바람 불어일 때면
나는 조용히
사색하며 책 읽는다

나뭇잎 살랑거리고
호수에 잔물결 이는 남실바람
나는 내 님과 산책을 한다

깃발 나부끼며 큰 물결 일고
재넘이 바람 불어 숲 깨어나면
한쪽 귀 매달린 커피 잔에
당신 닮은 사랑 가득 담고 싶다

지리산 세석산장

검푸른 융단을 깔아놓은 듯
초원엔 금강애기나리와
족도리풀 즐비하고
평정에 우뚝 솟은 구상나무
산장을 지키고 있다

계곡엔 패잔병처럼
쓰러진 고목나무
거대한 칼바위가
하늘을 떠받치고 있고

한쪽으로 기운 나무도
모진 풍파에
가장 낮은 자세로 살고 있다

굽이굽이 능선마다
희귀한 야생초 꽃들
뜨거운 시간 견뎌낸 만큼
곱게 피어 있다

눈 잣나무 씨앗을
빼먹는 솔잣새가
만찬을 즐긴다

거북선 바위에서 바라본 세석산장
한껏 피어나는
한 폭의
하늘 구름이다

두더지에게

어두운 땅속 생활
바깥세상엔 관심도 없겠지
화목한 정으로
자식 낳아 잘도 산다

밍크 털보다 더 고운 옷 입고
황소바람 몰아치고
독수리 날아도
땅속이야 걱정은 묻어두고 살겠지

높새 풍 일어
비바람과 싸우는
험난한 이 세상

공해도 심하다
나오지 마라
나오면 즉시 마스크도 써야 한단다

용두레 우물가

연변을 가로지르는
해란강이 윤슬처럼 흐르고
해넘이 물결 위 비알산에
사철 푸름을 자랑하는 일송정 우뚝 서 있다

만주 용정 윤동주 생가 있고
용이 승천하였다는
용두레 우물가 공원에서
조선족 몇 분이 카드놀이 하는 모습 보았다

노인 앞으로 다가가
요즘 삶이 어떠십니까 하고 물으니
우리는 당신네처럼
그렇게 각박하게 살지 않습네다 하고 대답한다

돌아본 나의 지난날
번갯불에 콩 구워 먹고
독사처럼 매섭게 달려왔으니
사철 푸름을 자랑하는 일송정 닮고 싶다

두 바퀴

등 뒤로 불어오는
건들바람이
돌아가는 두 바퀴에
힘을 실어준다

쉼 없이 질주하는
삶의 수레바퀴

갯골 사이로 이어지는 황톳길
갈대숲 가르는 오솔길

탱자나무 가시 달린 가시밭길
달려온 날들을 지탱해 준건
건실한 두 바퀴였다

거칠게 밟고 또 밟으며
다져온 길마다
깃들어있는 땀방울

지나온 날들이
클로버 향기처럼 풋풋하다

불 멍

검정 주물 용가리 난로
참나무 장작 받아먹고
불을 뿜는다

화려한 불꽃
활활 타오르면
바짝 다가앉는 검은 고양이

화롯불에 할아버지가 구워주던 군고구마
잊고 있던 추억의 낭만
그 길을 소환하는 벽난로

겨울이 오기 전
쌓아 놓은 장작을 아궁이에 넣고
유리창 너머 은은하게 타오르면
온몸으로 전해지는 불 멍

초등 시절
난로 위에 도시락 덥혀 먹던 일

언 발을 녹이려다
양말이 녹아버렸던 추억이 그립다

아내라는 나무

나무는 자기 속살을
드러내지 않으려 한다
부끄럽기도 하지만
맨몸 드러내는 것을
아주 싫어한다
철 따라 아름다운 꽃과 잎으로
장식하고 치장하기를 좋아한다
사철 향수도 뿌려가며
멋도 낼 줄도 안다
흙이 좋아 흙에서 사는 아내
든든한 뿌리로 우뚝 서는
그 나무를 사랑한다

할미꽃

붉은 볼에 노란 꽃술로
연지곤지 찍어 시집오던 날

울먹이던 정은
오간 데 없다

비바람 태풍 견디며
모질게 피어난 꽃

하룻밤,
이리도 빨리 피고 지는가

고개 숙인 채
흰머리만 흔들고 있는 그녀

요양원에서

고목나무된 어머니 아버지여
실바람 결에도 쓰러질 것 같구나

오랜 세월 누워 있어
등창에 누룩곰팡이 피었구나

온몸을 씻어주니
연녹색 고운 잎 되어 웃고 있구나

은빛 사랑

굽이굽이 열여덟 굽이길
온갖 구름 모여드는
동화 속 모운마을

영월 만경대에 올라
찬비라도 내리면
구릉에 이는 구름이 마을을 덮었다

어스름 땅거미 내리면
구름 봉우리 붉게 물들고
윤슬의 석양 들판에 핀 꽃 한 송이

모운마을 굽이길 따라
열여덟 처녀의 치마폭에
은빛 사랑 포개고 싶다

무장리 돈지길

새벽이면
산들이 거문고를 튕기고
학이 몰려와 춤을 추는 무장리

돛단배 하나 띄워 놓고
사람들의 발자국
불러 모으는 돈지길

야트막한 앞산이 솟아나
높은 봉우리 되는 마을
태평성대 부귀를 부르네

대숲에서 부는 바람이
너울 되어 파도가 되는
아름다운 안식처

가끔은 딱따구리 울음에 새가 놀랄까 봐
벌레 기어가는 소리로 잠 깰까 봐
살포시 엎드려 꿈을 꾸기도 한다

제**3**부

질경이

어느 누가
남에게
짓밟히며 살고 싶을까?

주저앉지 않고
꿋꿋이 버텨
나 여기까지 왔다

한때 구름 가마 타고
훨훨 날고 싶을 때
너를 보며 두 주먹 불끈 쥐었지

달빛에 이는 바람

적막한 달빛
별이 총총한 이 밤
손바닥만 한 구름 한 점

그대 창가에 부엉이 울음소리 들리는가
소리 없이 다가오는 날갯짓
그리운 사람이 보내온 전령

바람처럼 구름처럼
별빛 스며들 듯
나 그대 가슴에 머물고 싶어라

순두부 아내와 막걸리 남편

하늘 아래 첫 동네
촉감 좋은 반죽 덩어리
긴 홍두깨로 밀고 당기니
널따란 밀가루 방석이 되었네

도마 위에서
춤을 추는 식도
번개 같은 손놀림에
칼국수 더미가 산더미

순두부 아내의
손놀림
막걸리 남편 홀딱 반해
비운 그릇이 벌써 두 사발 째

다가설 수 없었다

새벽안개 자욱이 내린 날
희미한 가로등 불빛이
깊은 설움에 흔들리고 있다

마음 앓는 눈빛
먼 하늘가에 맴돌고
간밤의 그리던 모습
촛불처럼 흔들리고 있다

영혼 속 빛이 있어
님 그림자 앞에
다가설 수 없는 먼 사람

추위에 떨고 있는
한 마리 비둘기처럼
양 날개만 파닥일 뿐

견디기 힘든 바람이라면
산 넘고 물 건너

몇백 리라도

구름다리 건너고 건너
지는 석양에 사르고 살라
너 있는 그곳에서 윤슬의 노을 맞이하고파

정情

초췌한 몰골로
두 마리 강아지가
문 앞에서 서성이고 있다

한 녀석은
다리를 절며
피도 흘린다

아픈 다리부터 치료해 주었다
배가 고파 죽겠다는 듯
애처로운 눈빛으로 깨갱거린다

그래, 많이 먹어라
버림받았구나
두려워 말고
이곳이 네 집인 양 같이 살자

뜨개질하는 여인

머리 곱게 빗고
단정히 앉아
한 올 한 올 사랑 엮는
뜨개질하는 여인아

여린 손끝 마디마다
정성 가득 담고
미운 정 고운 정
꼬인 실타래 풀어내는 여인아

사랑과 믿음으로
뒤틀린 내 허물 덮어주며
인자한 미소로
한 코 한 코 이어주는 여인아

팔자

보송한 털옷 입고 태어난
노랑 병아리
친부모가 누구인지
알지 못한 채
양계장 주인을 어미로 따른다

아프지 말라고
예방접종도 해주고
맛있는 반찬에 간식도 챙겨주며
살이 오동통 오를 즈음

낯선 트럭이 닭장 앞에 멈춘다
더없이 행복했는데
끝까지 함께 살 줄 알았는데
양계장 주인이 이럴 줄 몰랐는데

그 좋았던 순간은
다 어디로 가고
파란 트럭에 짐 실 듯

무자비하게 욱여넣는 것이다

아이구, 내 팔자야!
믿었던 도끼에
완전히 발등 찍혔네
이러려고 열심히 먹이고 살찌웠던가?

초심

생명의 기쁨 가득한 동산 위에
보배로 세워 주신 가정
맑은 샘 솟아 오른다

저마다의 빛깔
생각의 모양 다를지라도
한 폭의 수채화처럼
곱고 고운 인생 펼쳐진다

당신을 만나
새 삶 살 듯
사랑의 향기 꽃피우며
채워나가는 섬김의 도리 찾고 싶다

지혜로 다스리고
내면의 세계 채워가며
편견의 거울
바닥에 내려놓고

구름 위

초가삼간일지라도

당신만 내 곁에 있어 준다면

저승이라도 따라가 업어주겠네

아내에게

한여름 시원한 폭포수

동이 트면 상쾌한 아침 햇살

맑고 잔잔한 푸른 호수

붉게 타오르는 석양의 노을

내 작은 가슴에 가득한 기쁨과 정성

언제나 당신 곁에 가까이

놓아둘 나의 마음입니다

단풍, 시집 보내다

따사로운 가을볕
풀 섶에 내려앉아
졸고 있는 단풍잎 하나
곱게 단장하고
먼 길 떠날 채비 한다

밤새
무슨 일 있었나
골짜기마다 굽이져
밤새 흐르는 물소리
모녀지간 이별의 슬픈 노래

물 위에
곱게 내련 앉은 단풍잎
떠나기 아쉬워
보고 또 보고, 뒤돌아보고
붉은 단풍으로 얼룩지는 댕기머리

옹달샘 같은 친구

졸졸 흐르는 시냇물처럼
언제나 따뜻한 마음 한 줄기
고요하게 가슴으로 흐르는 친구

가까이 있든 멀리 있든
흐르는 강물처럼
가슴 한 켠 말 없이
잔잔한 그리움으로 밀려오는 친구

오염되지 않은 맑디맑은 샘물
우정의 마음 솔솔 솟아나
굳이 말하지 않아도
가슴으로 느낄 수 있는 그런 친구

마음을 담아 걱정해 주며
따뜻한 말 한마디
얼어붙은 가슴 녹이고
바라보는 진실한 눈빛
영원히 변치 않는 우정의 친구

마음으로 의지하고 그리워하는 것만으로
인생의 동반자 같은 진정한 친구
같이 아파하고 함께 웃을 수 있는
지란지교의 친구 하나 갖고 싶다

무장리 풍경

작은 고개 하나 넘고
산 비탈길 돌아가면
몇몇 집들이
그림처럼 늘어선 골짜기
화목 보일러 굴뚝에서
구름 닮은 연기 피어난다

영산홍 천 주를 심는 날
아름다운 꽃동산
가꾸고 다듬는 일에
꼬부랑 할머니들의 손길이
할미꽃처럼 아름답다

봄부터 가을까지
작은 꽃들이 피고 지고
백일 동안 꽃 핀다는 목백일홍
그꽃 필 때면 골목마다

길손들의 발길이 멈추는 곳
무장리에서 사는 나는 행복한 사람

* 서산시 지곡면 무장리 마을

파꽃

원뿔로 뾰족하게 생긴 잎
잎과 줄기 구분도 없다
꽃대 살포시 올라와 꽃 피면
봉오리 속에
새까만 씨앗 가득하다

바라만 봐도 기분 좋은 날
웃음소리 크게 내어 웃는다
푸하하하 이건 대파 웃음소리
포호호호 이건 쪽파 웃음소리
우하하핫 이건 내 웃음소리다

옆에 있던 손자 녀석이
흉내 내며 따라 웃는다
크크크
푸른 잎새 파들도
따라 웃음꽃 잔치다

지난날 안방극장에서
국민 배우 최씨도 퍼허허허 웃으면
온 식구가 파안대소로
장단 맞추며 피어나는 파꽃웃음
우리 가정 행복한 웃음꽃 가득하다

동박새

부산으로 동백꽃 마중 나갔네
겨우내 그곳에 둥지 틀고
당신과 나 영원하자
약속도 했었지

숲이 우거지고
너울처럼 흔들릴 때도
떨어 질래야 떨어질 수 없었던
우리 사이
동박새 시끄럽게 울다 갔었지

힘들고 지쳐
쓰러지고 싶을 때면
우리를 지켜주었던 봄

우리의 냉골을
동백숲에서 막아주고
추운 어깨의 아궁이마저
거기서 피워낸

사랑스런 당신

너의 지저귐마저 없었다면
나의 꽃봉오리 맺지 못했을 것이네

동백나무 숲에서 동박새 우네
맑고 상쾌한 목소리의 너
휘파람 휘휘 불며 날아갔지
손가락 걸던 약속 헌신짝처럼 버리고 떠났지

물꽃

청계산 만경대 올라
옥녀봉 아래 골짜기에서
시냇물 흐르는 소리

바위에 걸터앉아
서쪽 관악산을 바라보니
잊혀진 네 모습
물꽃으로 피어오른다

지금은 가고 없는 바람
어디선가 전해오는 발자국소리
안개처럼 피어올랐다
이내 사라지는 환영幻影

능선과 비탈길
오르내리다 보면
동쪽 기슭에서 물보라 휘돈다
나는 무지개 물기둥 되어
너 있는 곳 찾아가는 바람이어라

흔적

가시였던가
기나긴 세월의 진통
붉게 피어난 장미를 닮았던가
잎새 사이사이 모두가 아픔이다

수천, 수만 송이의 문장
단 한 줄
시를 잉태하려 유혹하는
천상의 여인이 거기 있다

초록의 이야기도
저무는 해거름에 묻히고
이슬처럼 맑은 눈물 가슴에 품고
제 안의 가시만 품고 사는 여자

이제라도 활짝 피거라
지워지지 않을 향기 안고 춤 추거라
바람 부는대로
구름 흐르는대로

역驛

마지막 안녕을 고하는 역

이별은 영원한 역방향의 모순

희미한 등불이 흔들리는 밤

마지막 기적 소리 사라지고

텅 빈 대합실에 정적만 흐르고

말 못 할 사연이 있었나

고개 숙인 눈빛에 영롱한 이슬방울

떠나는 기차 꽁무니를 바라보자니

야속한 사람 시린 가슴만 적신다

난초蘭草

가늘게 휘어진
허리에서
어머니의 주름
미끄러지고

화관 머리에 이고
살포시 미소 짓는
어머니의 이마가
거기 잠자는 곳

뿌리마다 연리지 사랑
어머니의 손가락이
가만히 만져지는
아랫목 같은 아미蛾眉

할머니가 해 주신 이야기

머리가 백발이신 우리 할머니
친정 조카딸 혼인 잔치에 간다며 집을 나섰다

한 손에 암탉 한 마리 싸 들고
손자 녀석 앞세우고
먼 길을 지팡이 짚어가며 떠났다

길모퉁이 돌아 작은 시냇가
돌다리 건너 산제비 넘나드는
성황당 언덕배기 오른다

돌멩이 하나 주어든 할머니
돌 더미 위에 살며시 올려놓더니
이쁜 색시 얻게 해달라고 했다며 피씩 웃으신다

사모관대 쓴 신랑과
족두리 쓰고 고운 원삼포 입은 신부가
서로 맞절하며 예식을 올릴 때 할머니가 말씀하셨다

"애야 잘 봐두거라.

이 댐에 너도 새색시 얻을 때가 있을 테니까."

정작 딸내미 시집 보내는 날엔

그 말씀 하얗게 지워져 생각이 안 났더랬다

빈 들에서 추억을 모으다

가을날 눈부신 황금빛 추억 남기고 은행잎은 노랑나
비처럼 춤추며 떨어지고 있네

여름날 싱그러운 너울 쓰고 살며시 다가오신 당신이
기에 지나온 추억들은 곱게 매달아 놓았네

가을, 은빛 억새 닮은 뜨거운 가슴 가득 남겨두고

당신은 이 겨울 차디찬 눈물 머금고 정녕 떠나려 하십
니까

다시 찾아올 그 날이 있을까 행여 당신과 함께 떠날
수는 없을까

영화롭던 지난날의 추억이여!
그리운 마음조이며 조용히 눈 감네

제 4 부

별꽃 바라기

서산에 해지면
세상은 어둠에 잠들고
숨어 있던 별꽃이
하나둘 피어난다

은빛별
푸른 에메랄드 별빛
하고픈 이야기 너무 많아
밤하늘 수놓는 별꽃

간밤 별 하나 내려왔다

하늘 그곳에는
우주의 법칙대로
돌고 도는데

이 땅에서는 언제나 광명 있으려나

봄이 오는 길목

하루해가 길어져
서산에 해가 놀다 간다
찬바람 불어도 향긋한 봄 내음
상쾌함이 묻어난다

겨우내 얼어붙었던 땅이
뭉클뭉클 밟힌다
차가운 바람은 심술 부려도
멀리 바다 끝에서 부는 훈풍은 보드랍다

겨우내 움츠리며 쌓아두었던 생각들
아쉽게 떠날 준비를 하고 있다
긴 밤 글도 쓰고
책도 읽으면서
따끈한 군고구마를 구워 먹었던 시절

밤하늘의 별빛마저
창가에 얼어붙게 하였던 겨울
이제 내 나이와 함께

짐을 꾸려 떠나갈 준비를 하고 있다

생각의 먼지를 털어내고
약속의 새순을
한 아름 안고 오는 봄 친구들
그 길목에 서 있는 나

심연深淵

떠나기 아쉬운 듯

서늘해진 풀벌레 소리

황금빛 잎새

소슬바람 불어와

동화 속의 그림처럼 고요한 낮

욕심껏 달려가며 힘겨워했던 지난날

뜨거운 고갯길 내려와

가벼운 어깨 쓰다듬어 나래를 편다

목련

사월의 아침
긴 어둠 헤집고
꽃잎 터트린 하얀 목련

찬 이슬 꽃잎에 앉아
동녘의 햇살 머금어
환하게 웃고 있다

빨래터에서

그 옛날
마을에 들어서면
향나무 한그루와
졸졸 흐르는 샘물 있었다

이른 아침
물 길러 나오는 아낙들
양동이 가득 채워
열 식구 밥도 짓고 가축도 길렀다

한낮이면
빨랫감 한 아름 안고
우물가로 모여든다
억지 수다 속에 웃음꽃 활짝 피웠었지

힘들었던 시집살이
감춰둔 이야기 펼쳐
시어머니 흉볼라치면 속 시원했었지

빨래터 아낙들
이제는 흩어져 주름 꽃으로
허리 굽혀 이야기 듣고 있다
세월 따라 핀 꽃들만 무성하다

상처

움푹 패인 아픔
진찰도 처방도 없었건만
나무는 누가 치료해 줄까

상처 아물기까지
수일이 아니라
때로는 수년도 기다려야 한다

치유된 상처는
갖가지 흔적 남기고
굳은 옹이 되어 박힌다

지난 세월
삶의 굴곡에서
시련 딛고 꿋꿋이 버티는 나무

상처의 흔적은
내 생을 이어온
마침표의 연속

눈을 감는다
내 안의 내가 아닌
치유의 빛 안고 밝은 내일 꿈 꾼다

옹기항아리

물레 돌리는
투박한 토기장이 손
밤새 빚어낸 질그릇
나와 닮은 듯 정겹다

햇살 가득한 장독대
고독한 침묵 속에서
맛을 더해 주고 있는 배불뚝이
오랜 세월 품고 있다

할머니 손때 묻은 항아리
주는 대로 받아 담고
말없이 제 몫 다하며
볼품없다는 원망도 못한다

간밤 선명하게 보여준 빈 독
채우지 못한 채 텅텅 소리 요란하다
언젠가 쓰임 받기를
기다리는 여백의 울림 키운다

깻잎 향

깻잎 한 장 따면
향긋한 향 은은히 퍼진다
땅에서 세상 풍파
오롯이 견뎌내
내 허리까지
올라온 깻잎 나무
바람에 너울거리는 모습
나비가 팔랑거리듯 흔들거린다
여름이 절정을 달리고
서늘해 지면 자연스럽게 꽃피고
맺은 씨앗 한 바구니 쌓이면
고소한 향내 밥상 가득 퍼진다

김장하는 날

겨울을 재촉하는 차가운 비

배추는 통통하니 살이 쪄 움직이지도 못한 채 곰돌이
처럼 웅크리고 앉아있다

올해도 어김없이 김장한다고 멀리서 야심 찬 며느리
들과 친정이라고 누이들이 찾아왔다

한 아름씩 커다란 배추 뽑아다 소금에 절여 놓고 넓은
거실에 둘러앉아 무채도 썰고 양념도 준비한다

해마다 김장을 푸짐하게 가져가는 며느리가 들으라는
건지 중얼거린다

어머님 내년엔 김장배추 조금만 심어요. 너무 힘드시
잖아요. 담가주신 김치 맛은 어머님의 손맛 따라갈 자
없을 거예요.

해달라는 건지 그만하라는 건지 알 수가 없다

온 가족이 동원되어 연례행사가 된 김장

마음과 마음을 담아 버무리다가 노란 속살 뜯어내 양념

얹어 입안 가득 싸 먹는 맛에 웃음 꽃핀다

바닷가에서

맑은 하늘빛
나를 바닷가로 이끌었다
늦여름 바닷가는 쓸쓸하다

수평선 너머로 사라진
나의 여인을 생각하며
멀리 추억의 그 날 그린다

긴긴 여름 보내고
선선한 바람 앞에 서니
모래밭은 따뜻하니 좋았다

돗자리 하나만 펴면
그 어떤 곳도 부럽지 않은 곳
조개껍질 주우며
주고받던 이야기꽃
바닷가 언덕에 가득 피어 있다

봄꽃이 되어 살고 싶다

신비롭고 아름다운 봄
단단한 땅을 뚫고
올라온 빨간 새싹들
아침 이슬 머금고 눈인사한다

겨우내 간직한 이야기꽃
보따리에 가득 담아
꽃대 위에 올라앉은 꽃망울
살포시 얼굴 내밀고 있다

늘 가슴 속에 남아있는 첫사랑
그녀가 언제나 목단꽃처럼
넘치지 않을 온화한 미소로 피어난다

달항아리

바라만 보아도
포근해지는 달항아리
따뜻한 안정감을 주고
작은 모형에서 감동과 위안 받는다

아늑한 공간에
한점 두고 싶어지는 달항아리
달은 우주의 기운 받아
반사되어 내게로 되돌려 준다

행복한 염원이 가득 담기를
바라는 마음으로 흙과 붓으로
달항아리를 빚어낸다

달항아리 둥근 모형
보름달 가깝게 표현하였다
우거진 나무 그늘 만나면
잠시 쉬어가고 싶어지듯
자연을 찬찬히 들여다보는 여유

좋은 것은 자주 보아야 해
자주 보아도 닳지 않는
내 마음에 담아 놓고
매일 꺼내보는 즐거움 있다

옹기의 미덕

비우면 채워지고
채워지면 모두 내어주는
미덕이 있는 옹기항아리

비움의 과정 거치면서
인정을 낳고
베풂을 낳으면서
스스로 자신의 복 짓는다

옹기 투박한 선은
청자의 비색을 품은 것도 아니요
산골의 순박한 여인처럼
언제나 편안한 아름다움있다

굳이 꾸미지 않아도
가랑비 흠뻑 맞고 나면
마른행주로 닦아만 줘도
단아한 광채 스멀스멀 품어내는
옹기와 세상 이야기 나누고 싶다

노년의 걸음에 생기를

복사꽃 지고
아카시아꽃도
바람불어 사라졌지만
언제 어디서든 걷고 또 걷자

걸으면 살고
누우면 죽는단다
서 있으면 앉고 싶고
앉으면 눕고 싶어진단다

샛노란 들국화 향기
온 동네 퍼져가는데
걸으면서 국화 향기 가득 담아보자

그림자처럼 따라붙는
게으른 지난날 흔적 집어 던지고
해 걸음에 늦지 않게 걷고 또 걸어보자

샛문

나 어릴 적
시골집에는 대문이 있고
뒤쪽이나 옆 모퉁이에
샛문이 있는 집이 많았다

우리 집에도
뒤 뜰 장독대 옆에
작은 샛문 하나 있었다

이 샛문은
누나들과 어머니가
마실 갈 때 자주 드나들었다
어른들 몰래 드나들 수 있도록
만들어 놓은 배려의 문

옛날 어른들은
알면서도 눈감아 주고
속아준 것이므로

모두가 마음의 여유요
모른척 아량을 베푼 것이다

부고장

많지 않은 친구 하나
기저질환 합병증으로
먼저 하늘 소풍 떠났다
부고장은 허허롭게 허공을 떠돌고 있다

반가운 소식은 가뭄에 콩나듯 하고
어쩌다 걸려오는 전화는
종신보험 들라는 아가씨의
속사포가 귓전을 울린다

어느 날 갑자기
까마귀 울음소리 들으며
나 홀로 저 멀리 훌쩍 떠나는 날
동행해 줄 사람 하나 없고
외로운 길만 희미하게 보일 뿐

거친 세상
한평생 함께 살아온 사랑하는 아내여

"당신이 있어 나는 참 행복합니다"
이 말만은 꼭 전하고 싶다

짊어져야 할 몫

마음이 편하면
강변 판잣집도 아늑하고
성품이 안정되면
시래기 나물국도 향기롭다는
말 들어보셨나요

이웃에 관심을 없애면
시기와 다툼이 없어질 줄 알았는데
그러나 다툼이 없으니
어색한 남남이 되고 말지요

간섭을 없애면
나 홀로 편하게 살 줄 알았지만
외로움이 어느새 내 등 뒤에 서 있어요

관심과 정 있는 곳에
다툼도 있고 시기와 질투 함께 있으니
미움도 사랑도 살아있는 한
함께 짊어져야 할 몫이랍니다

그리움은 파도처럼

야트막한 뒷동산
높고 장엄한 대관령 그리워하고

높새바람 이는 들판은
남해 다랑이 마을 그리워한다

팔순을 바라보는 할배
예쁜 손녀딸 고사리손만 생각하고

희미한 안개 몰고 온 소낙비
익어가는 수수밭 움막 부러워한다

모래사장에 적어 놓은 사연
파도에 씻겨가면 잊혀질까
잠들면 꿈 꾸겠지

어떤 꿈들이 찾아올까?

부부의 꿈

새벽닭 울 때
들에 나가 일하고
저녁달 비친 개울에
호미 씻고 돌아온다

마당에 멍석 깔고
삽살개도 함께 앉아
달빛에 별 국수 말아먹고
밤바람에 비지땀 날려준다

한 그릇 비운 그릇에
아낙은 한 국자 더 퍼주면서
농사일 그만하고
우리도 도시에 가서 살아보자 한다

부모가 물려준 삿갓배미
벼가 쑥쑥 올라오는 걸 보니
올해 풍년들 것 같으니 참고 삽시다

바람에게 묻는다

돌단풍 잎새마다

긴 사연 적어놓고

다정했던 그 사람 어디로 갔나

등꽃이 필 무렵 그늘 아래

긴 나무의자는 그대론데

보랏빛 사색으로 정 나누던

그 사람 어디로 갔나

나 혼자 그 사람 기다리고 있네

이 시대의 안빈낙도

황정산(시인, 문학평론가)

이 시대의 안빈낙도

황정산

1. 들어가며

예로부터 시에 대해서는 참 많은 말들이 있어왔다. 시경에서는 '사특한 것이 없는 말이 시가 된다.'고 했고 영국의 낭만파 시인 윌리엄 워즈워드는 '시는 감정의 흘러넘침'이라고 했으며 형식주의나 구조주의자들은 '시는 일상어에 가해진 조직적 폭력'이라고 정의 내려 새로운 언어로서의 시의 특질을 설명하기도 했다.

하지만 박상덕 시인의 시들에게는 이 모든 설명이 무의미하다. 그의 시는 이 모든 정의들을 뛰어넘어 삶 그 자체이다. 소박한 삶의 기록이 그의 시가 되기도 하지만 반대로 그의 시가 그의 삶 자체이기도 하다. 박상덕 시인은 시를 통해 자신의 생활에서 일어난 소소한 경험들을 기록할 뿐만 아니라 그것을 통해 우리가 미처 생각하지 못하는 삶의 지혜를 얻기도 한다. 박상덕 시인의 시들로 말해지는 그의 삶은 한마디로 말하면 안빈낙도이다.

안빈낙도는 가난한 생활 가운데서도 편안한 마음으로

도를 즐기는 것을 말하는 것으로, 공자가 제자들에게 강조했던 정신 중의 하나이다. 공자의 제자 중 특히 안회는 안빈낙도를 실천했던 사람으로 알려져 있다. 특히 과거 조선시대 가사나 시조가 주요한 소재로 했던 강호가도라는 자연에서의 삶과 안빈낙도는 큰 관련을 맺으며 자연 속에서 유유자적하며 안빈낙도를 꿈꾸는 것을 군자의 미덕으로 삼았다.

박상덕 시인의 시들도 바로 이러한 삶의 태도를 이어받고 있다. 다만 과거 선비들이 안빈낙도를 통해 유교적 도를 추구했다면 박상덕 시인의 안빈낙도는 삭막한 현대 사회를 살아가고 견디는 삶의 지혜에 가깝다. 그의 시들을 통해 그의 삶과 거기에서 깨달은 지혜를 엿보도록 하자.

2. 자연과 안빈낙도

박상덕 시인의 시들의 주요 소재는 자연이다. 이는 물론 귀농한 그의 삶이 자연에 근거하고 있기 때문이기는 하나, 그는 그 삶의 공간인 자연에서 많은 것을 배우며 자연을 닮은 삶을 소망하고 있다.

> 굵고 튼실한 날실 이어놓고
> 가늘고 촉촉한 씨실 꺼내어
> 온종일 궁둥이 두들기며

집을 짓는다

하루가 인생의 전부인
하루살이의 반항이
거미줄에 걸려 발버둥 쳐도
거미는 멀뚱멀뚱 바라만 본다

눈 깜짝할 새 멧새 한 마리 날아온다
거미는 큰 눈 부릅뜨고
거미줄을 지키려 안간힘을 써보지만
순식간에 보금자리를 잃고 만다

하소연 한마디 못하는 거미를 보며
내 인생의 집 다시 짓기로 한다
강자만 살아남는 세상
원망할 새도 없다

- 「거미의 일상」 전문

시에서 거미는 힘들게 집을 짓고도 먹을 수도 없는 하루
살이 한 마리 겨우 잡을 뿐인 가난한 존재로 등장한다. 거
기에다 몸집 큰 멧새에게 "순식간에 보름자리를 잃고 만
다". 하지만 거미는 좌절하거나 탓하지 않고 묵묵히 다시
집을 짓는다. 시인은 이런 거미를 보고 자신의 "인생의 집
을 다시 짓기로" 결심한다. 아무리 세상이 힘들고 강자들

만이 군림하는 곳이라고 하더라도 그것을 원망하고 한탄하기보다는 자연의 순리처럼 묵묵히 자신의 삶을 지켜나가야 한다는 것이다.

> 어느 누가
> 남에게
> 짓밟히며 살고 싶을까?
> 주저앉지 않고
> 꿋꿋이 버텨
> 나 여기까지 왔다
>
> 한때 구름 가마 타고
> 훨훨 날고 싶을 때
> 너를 보며 두 주먹 불끈 쥐었지
>
> - 「질경이」 전문

자연 속에서 자신의 삶을 지켜나갈 수 있는 원동력은 자연이 가지고 있는 무한한 생명력이다. 시인은 그것을 바로 질경이에서 발견한다. 다른 사람에게 짓밟히고 살아도 결코 주저앉거나 죽지 않고 "꿋꿋이 버텨" 살아가고 있는 질경이를 보면서 "구름 가마 타고/ 훨훨 날고 싶"은 출세와 그에 따르는 영예라는 허황된 꿈을 버리고 낮은 자세로 세상의 가장 아래에서 생명을 키워 나가는 질경이 같은 삶을 시인은 선택한다. "두 주먹 불끈 쥐"는 모습에서 이러한 삶에 대한 확신과 결의가 강조된다.

이 시집에 가장 먼저 등장하는 다음 시는 좀 더 생각할 거리를 보여준다.

파란 하늘에 뭉게구름 피어오른다

두둥실 떠다니는 구름

저 높은 하늘 바다 오색구름

달무리 꼬리 끌며 흘러간다

덧없다 느껴질 때 뜬구름 둥실

허황한 시간 구름 잡는 일

공중에 걸쳐진 다리

내 인생 구름다리를 내가 걷는다
                    -「구름과 나」전문

　파란 하늘에 떠 있는 구름이 어릴 때 크레파스로 그린 그림처럼 천진하게 묘사되어 있다. 그런데 시인은 그것을 보면서 "허황한 시간"을 생각하고 있다. 아마도 자신이 이제까지 살아왔던 인생의 여정이 그런 것이었을지도 모른다. 돈이나 명예 그것도 아니면 무엇인가를 가지려고 했던 자신의 욕망이 이제 와서 돌아보니 모두 뜬구름처럼 허망한 것임을 시인은 깨달은 것이다. 하지만 그러면서도 시인은 그것을 "공중에 걸쳐진 다리"라고 말함으로써 아직도 뭔가 꿈을 꾸며 저 높은 하늘에 이르러 아름다운 "오색구름"에 다가가고 싶어 한다. 어쩌면 시인에게 그것은 시를 쓰는 일일지도 모른다. 마지막 행 "내 인생 구름다라를

내가 걷는다"는 구절은 '걷다'라는 말의 동음이의어의 특
징을 아주 잘 살린 표현이다. 하늘로 이어지는 구름다리
를 시인은 걸어 건너기도 하지만 또 한 편 그 다리를 자신
의 생각 속에서 걷어 치워버리기도 한다. 이중적인 의미
를 통해 허황된 과거의 욕망과 그 욕망을 지우고 새로운
꿈을 위해 살아가는 지금의 현재가 미묘하게 교차되어 표
현되는 시적 함축미를 만들어 낸다.

3. 가족과 안빈낙도

박상덕 시인의 시에는 특히 아내에 관한 시가 많다. 안
빈낙도하는 삶을 살아가기 위해서는 아내의 도움과 허락
이 없으면 불가능한 일이다. 그것을 함께 할 수 있는 아내
가 고마울 뿐만 아니라 아름답게까지 느껴지는 것은 당연
한 일일 것이다.

봄 동산
여리게 피어난
진달래꽃처럼
소박한 사람

가진 것 없고
잘하는 것 없어도
마음은 언제나
향기가 가득한 사람

나이는 접어놓고
자유로운 마음으로
어린아이처럼
마음이 온유한 사람

마음속에
미움을 두지 않고
정감 어린 속삭임으로
사랑하며 사는 사람

욕심을 비우고
늘 감사하며
고운 눈망울로
그리워하며 사는 사람

나는 이런 사람과 살고 있습니다
- 「내 아내는 이런 사람 입니다」 전문

　시인은 자신의 아내를 대놓고 자랑하고 있다. "진달래꽃처럼 / 소박한 사람"이라고 말해지는 시인의 아내는 "가진 것 없고 / 잘하는 것 없"는 어찌보면 가난하고 특별한 재능을 가지지 못한 사람이다. 하지만 욕심을 비울 줄 아는 지혜와 다른 사람을 사랑할 줄 아는 따뜻한 마음을 가진 사람이다. 시인은 바로 이런 사람과 함께 살기에 농사를 지으면서 큰 욕심을 버리면서 자연의 질서에 순응하는 안빈낙도의 삶을 살 수 있는 것이다.

비우면 채워지고
채워지면 모두 내어주는
미덕이 있는 옹기항아리

비움의 과정 거치면서
인정을 낳고
베풂을 낳으면서
스스로 자신의 복 짓는다

옹기 투박한 선은
청자의 비색을 품은 것도 아니요
산골의 순박한 여인처럼
언제나 편안한 아름다움 있다

굳이 꾸미지 않아도
가랑비 흠뻑 맞고 나면
마른행주로 닦아만 줘도
단아한 광채 스멀스멀 품어내는
옹기와 세상 이야기 나누고 싶다
- 「옹기의 미덕」 전문

　　시인에게 아내는 바로 이 시의 옹기 같은 존재이다. 순
박하고 편안한 아름다움을 가지고 비움과 베풂을 실천하
는 미덕을 가지고 있으며 스스로 단아한 광채를 품어낼 수
있는 그런 존재이다.
　　다음 시에서는 구체적인 이미지를 통해 좀 더 아련한 정
서를 떠올리게 해 준다.

머리 곱게 빗고
단정히 앉아
한 올 한 올 사랑 엮는
뜨개질하는 여인아,

여린 손끝 마디마다
정성 가득 담고
미운 정 고운 정
꼬인 실타래 풀어내는 여인아

사랑과 믿음으로
뒤틀린 내 허물 덮어주며
인자한 미소로
한 코 한 코 이어주는 여인아

- 「뜨개질하는 여인」 전문

뜨개질하는 모습을 옆에서 자세히 볼 수 있다는 것은 함께 생활하는 가족이라는 것을 말해준다. 그런 점에서 뜨개질하는 여인은 시인의 아내라는 것을 쉽게 짐작할 수 있다. 시인의 아내가 한 올 한 올 뜨개질하는 모습을 보고 시인은 사랑을 엮어가는 모습이라고 생각한다. 그런 정성이 두 사람 사이의 "꼬인 실타래"와 같은 갈등을 해결하고 "뒤틀린 허물을 덮어주"는 따뜻한 옷을 만들기 때문이다. 시인이 그려낸 여인의 모습도 아름답고 그것을 바라보는 시인의 따뜻한 마음이 읽는 우리에게까지 전달되는 감동적인 시이다.

이런 시인의 따뜻한 마음은 아버지에 대한 추억으로까지 연결된다.

타작하고 난 밀짚
곱게 다듬어 세월을 엮는다

장발에 코트 자락 휘날리던
모던보이의 추억 생생하다

비가 오면 우산 되어주고
스며드는 바람에 시원한 그늘막
여름이면 백석이 즐겨 썼다는 맥고모자

한낮의 뙤약볕 콩밭에
밀짚모자 눌러쓴 아버지
주름진 얼굴에 환한 미소 짓는다

- 「맥고 모자」 전문

밀짚모자를 눌러쓰고 한여름 땡볕 아래 콩밭에서 일하
면서도 환한 미소를 잃지 않는 아버지를 떠올리며 시인은
맥고모자를 쓴 모던보이의 추억과 맥고모자를 즐겨 쓴 시
인 백석을 연상한다. 힘든 노동과 가난에서도 멋과 여유를
잃지 않으셨던 아버지의 삶을 시인 역시 닮고 싶어 하는
마음에 대한 간절한 표현이라고 해석할 수 있다.

자연 속에서 욕심을 버리고 안빈낙도의 삶을 살아갈 수
있는 것은 이렇듯 가족이라는 울타리가 있기에 가능하다.
함께 생활을 영위하고 함께 추억을 공유할 수 있는 가족
이 있기에 욕심을 버리고도 하루하루의 삶을 충만함으로
채울 수 있었을 것이다.

이러한 가족애라는 따뜻한 충만감은 다음 시에서는 할
아버지에 대한 추억까지 소환된다.

검정 주물 용가리 난로
참나무 장작 받아먹고
불을 뿜는다

화려한 불꽃
활활 타오르면
바짝 다가앉는 검은 고양이

화롯불에 할아버지가 구워주던 군고구마
잊고 있던 추억의 낭만
그 길을 소환하는 벽난로

겨울이 오기 전
쌓아 놓은 장작을 아궁이에 넣고
유리창 너머 은은하게 타오르면
온몸으로 전해지는 불 멍

초등 시절
난로 위에 도시락 덥혀 먹던 일
언 발을 녹이려다
양말이 녹아버렸던 추억이 그립다

— 「불 멍」 전문

불을 보고 마음속의 생각을 버리고 힐링의 시간을 갖는
것을 흔히 "불 멍"이라고 말한다. 시인은 이 불 멍의 시간
을 통해 할아버지와 관련된 추억을 소환한다. 그것은 할아
버지가 장작불 아궁이에서 구워주던 군고구마와 같이 따
뜻한 기억이다. 지금은 그것이 벽난로라는 세련되고 편리
한 장치로 바뀌긴 했지만, 활활 타오르는 불을 보며 시인

은 과거의 따뜻한 사랑의 기억을 생생하게 재현해 낸다. 그 가족애라는 사랑의 힘으로 시인은 "언 발을 녹이"는 생의 에너지를 얻고 있다.

다음 시에서는 가족애의 따뜻함을 손자에게까지 확대하여 그것의 영속성을 강조하고 있다.

> 옆에 있던 손자 녀석이
> 흉내 내며 따라 웃는다
> ㅋㅋㅋ
> 푸른 잎새 파들도
> 따라 웃음꽃 잔치다
>
> 지난날 안방극장에서
> 국민 배우 최씨도 퍼허허허 웃으면
> 온 식구가 파안대소로
> 장단 맞추며 피어나는 파꽃웃음
> 우리 가정 행복한 웃음꽃 가득하다
>
> ─「파꽃」부분

4. 안빈낙도와 시

자연 속에서 농사를 지으며 안빈낙도를 생각하는 충만한 삶을 살고 있지만, 시인은 사실 그것에 만족하는 사람은 아니다. 어떤 포기할 수 없는 꿈이나 막연한 동경이 항상 그를 괴롭히기 때문이다. 그것이 그로 하여금 시를 쓰게 만든다.

가시였던가
기나긴 세월의 진통
붉게 피어난 장미를 닮았던가
잎새 사이사이 모두가 아픔이다

수천, 수만 송이의 문장
단 한 줄
시를 잉태하려 유혹하는
천상의 여인이 거기 있다

초록의 이야기도
저무는 해거름에 묻히고
이슬처럼 맑은 눈물 가슴에 품고
제 안의 가시만 품고 사는 여자

이제라도 활짝 피거라
지워지지 않을 향기 안고 춤 추거라
바람 부는대로
구름 흐르는대로

- 「흔적」 전문

 위 시에서 "가시를 품고 사는 여자"는 시인으로 하여금 "시를 잉태하려 유혹하는 / 천상의 여인" 즉 뮤즈일 것이다. 바로 이 뮤즈에 대한 열망이 가시처럼 남아 시인을 괴롭히고 있다. "붉게 피어난 장미"처럼 아름답지만 동시에 아픔을 간직하고 있는 존재는 바로 시인에게 지울 수 없는 흔적으로 남아있는 시심이고 뮤즈이다. 안빈낙도의 유유자적한 삶을 살더라도 시인의 마음 한 구석에는 이렇듯 포기할 수 없는 동경이 가시처럼 남아 시인의 마음을 자극하여 들뜨게 한다.

다음 시는 이런 마음을 더욱 간절하게 표현하고 있다.

> 새벽안개 자욱이 내린 날
> 희미한 가로등 불빛이
> 깊은 설움에 흔들리고 있다
>
> 마음 앓는 눈빛
> 먼 하늘가에 맴돌고
> 간밤의 그리던 모습
> 촛불처럼 흔들리고 있다
>
> ...(중략)...
>
> 견디기 힘든 바람이라면
> 산 넘고 물 건너
> 몇백 리라도
>
> 구름다리 구르고 굴러
> 지는 석양에 사르고 살라
> 너 있는 그곳에서 윤슬의 노을 맞이하고파
>
> ─「다가설 수 없었다」 부분

시인은 알 수 없는 무엇인가, 누군가를 간절히 바라고 있지만 쉽게 다가가지 못한다. 그것을 떠올리고 그리고자 하지만 그 모습은 "촛불처럼 흔들리고"만다. 결국 시인은 다짐한다. 이 견디기 힘든 바람을 "산 건너 물 건너 / 몇 백리라도" 구르고 굴러 영원한 사랑의 불꽃으로 이루어 내리라 맹세한다. 이 다가갈 수도 없고 쉽게 파악할 수도 없는 존재에 대한 사랑이 시인으로 하여금 시를 쓰게 만든다. 가족과 아내와 그리고 자신의 삶의 토대가 되고 있는 자연이 있는 충만한 삶이지만 시인은 그 안에서도 채워지지 않는 어떤 갈망으로 도달할 수 없는 어떤 동경을 꿈꾸고 살고 있다.

5. 맺으며

시를 쓴다는 것은 현실 너머의 다른 것을 꿈꾼다는 것이다. 그래서 시인들은 항상 새로운 언어를 만들려고 하고 다른 사람이 보지 못한 것을 상상해 보여주기도 하고 지상에는 이미 사라진 천상의 소리를 옮기려고 한다. 박상덕 시인이 안빈낙도를 꿈꾸는 사실은 이 현실 너머의 세상을 보기 위한 자기만의 한 방법이다. 부와 명예라는 현실의 욕망을 포기하고 안빈낙도의 삶의 꿈꿀 때만 현실 너머의 또 다른 모습이 보이기 때문이다.

그런 점에서 안빈낙도는 충만함이면서 비어 있는 충만함이다. 시인은 그 빈 곳을 채우기 위해 동경을 멈추지 않는다. 이 시집이 다음 시로 끝맺고 있는 이유는 바로 여기에 있다.

돌단풍 잎새마다

긴 사연 적어놓고

보랏빛 사색으로 정 나누던

다정했던 그 사람 어디로 갔나

등꽃이 필 무렵 그늘 아래

긴 나무의자는 그대론데

나 혼자 그 사람 기다리고 있네

- 「바람에게 묻는다」 전문

시인은 "돌단풍 잎새" "등꽃이 필 무렵의 그늘 아래" 있지만 거기에서 안식을 구하지 못하고 누군가를 갈망하고 있다. 그것은 바람에게 물어볼 만큼 규정할 수 없는 막연한 것이다. 하지만 기다려야 하는 그런 존재이다. 그것은 바로 시라는 그 알 수 없는 존재 자체이기도 하다. 이런 점에서 이 시집은 안빈낙도의 삶에 대한 예찬이기도 하지만 그 안에 안주하지 않는 시인의 또 다른 시적 탐색의 기록이기도 하다.

빈 들에서 추억을 모으다

빈 들에서 추억을 모으다